今帰仁で泣く

A Weeper in Nakijin

水島英己

思潮社

今帰仁《なきじん》で泣く

水島英己

思潮社

目次

装画・装幀＝高專寺 赫

今帰仁《なきじん》で泣く　1996－2003

緑の家

窓の外には欅の梢のみどり
そして雨が静かに降っている
おまえは愛する羊のために涙をぬぐい
プレートの上では
海老、ソーセージ、帆立などが焼かれている
漢の時代の墓穴のような居間で
影たちが姿をもとめて
メランコリーの航跡を反復する

ここから
欅のみどりに憑依しようとする
危険な旅がはじまる
魂という魂の底にも

雨が静かに
「もっとも貧しいもののウエスタンを一曲歌って」
これも駆け引きかもしれない
居間は焼かれるものの匂いに満ちている

友情を拾い集めて
おまえは
肉を焼く
ある友は
わたしに任せてと言い
ある友は
わたしを犯せと言う

—past the headlands
Into deep Eternity—*
半島の岬を過ぎ
永遠の中へと深く

緑色の虫が這ってゆく
ひとりの蛇のように
ひとり

縁起のいいものだからこわがってはいけません
ニコライは笑う
白い蛇の抜け殻を
おまえは白山神社の竹やぶのなかで見つけた
死都ハラ・ホトに埋もれた西夏文字のかすれた線の重なり
殺されたひとりの
抜け殻を

ヌージ（虹を
ヌージ（虹を
イラナン、カタナン（鎌でも、刀でも
タッチリリー（たたっ切れ、たたっ切れ**
殺されたひとりの抜け殻をたたっ切れ

石垣を這うぬめりとしたハブのような
ひとりだけの追憶を

「不幸の形式を学習しすぎたので
ぼくたちは幸福の瞬間を思い描くことができなくなった」
(恋人よ、ぼくは人間ではない、人間ではない)
梢の葉のかすかな戦ぎは
国境を越えられない
亡命者の呪詛のしぐさに似ている
牛カルビを焼く煙が
窓のみどりに一筋の縞模様を入れた
涙がぼくらを陽気にする

空には虹
だれにも気づかれずに
雨は静かに脱皮する

忘れたものが生き返るたびに
おまえは焼かれる

秋川の岸辺の緑の家で

＊エミリー・ディキンソンの詩から　＊＊沖縄の童謡から

川の詩人

It's evening, the sun is setting :
boys shout and gulls are crying.
What's the point of forgetting
if it's followed by dying?

Joseph Brodsky

浅川の中州の
枯葦の陰で小便をした
朗読の声がお経のように響く
川の詩人
そんな枕詞で彼を呼んでから
彼との交友の思い出を語る男もいた
踊るものもいた
詩人の父は酔って
誰彼かまわず酒を注ぎまわっている
若いミュージシャンは一リットル入りパックの

ぶどう酒をそのままガブ飲みしていた

三味線ひきが津軽じょんがらをかなでる
ブルースハープが晩秋の空を切る
朗読がまた始まる
「私の肩に乗っている」彼の幻影が
かすかに見えたような錯覚を起こしたが
浅川の中州の枯葦の陰で小便をしている

一度も会ったことのない「凍えた耳」
死んでしまった詩人のために
酔っ払おうとする
「おれは酔っ払いのはず」
でも酔えない
浅川の中州の枯葦の陰で小便をしている
何度も何度も
死んだ彼もこの流れのどこかで

小便を垂れたはずだ
源流のブナ林を夢見ながら

「彼には、究極の失敗が確かに思えてから
ようやく、途上のすべてが夢のなかでのように
うまくいったのだ」
ぼくには究極の失敗などありそうもないから
「いったい、いつまで
負け続けていけばいいのだろう」

かれのつくった完璧な悪夢を
ぼくは歩き続けている
枯れた葦の影
浅い途上
いつまでも
甘美なひとときの……
きみがここにいてくれたらよかった

きみがここにいてくれたらよかった
その涙は
枯れた葦にやわらかにそそがれる
もちろん
すべてが逆であってもかまわない
死んだきみも
生きているわれわれも
同じように
忘れ
忘れ去られる

（註）瀬沼孝彰をしのぶ集まりへの参加がこの詩のモチーフとなっている。彼の詩の一節やベンヤミン、ブロッキーの詩の不完全な引用がある。

死と雲

「テロリストは
道端に落ちていた吸殻を拾っては
喫った
彼は終わってしまった人間だ」

改札口を出た
晴れた冬の空に大きな雲がいくつか浮かんでいる

「存在しなければならないということは
死ななければならないということだ」
かすかな光に射し込まれて
改札口を出た
雲を眺めやる眼差しをテロリストの銃口に擬してみる
乱射したことのない銃を放つ

雲がくずれる
なつかしさと未知の両方の
おののきに包まれて

「始まり」に密告され
「終わり」に追放される
この日常
きみの高原
どこにも中断はない
凝固した一歩を強いられたように動かす
錆びるまで暮らし続ける
冷たく固い銃身

われわれはみな
きみの人質だ
終わってしまったテロリスト
終わってしまった死の

今帰仁で泣く

Y へ

きみがまた入院したという葉書を読みました。町田の店で年末に一杯やろうという話を
　　楽しみにしていましたが、今はきみが伝えたように検査のための入院が
　　　　無事に終了することを祈るだけです。
確かにきみの言う通り「まことに我々はもうすでに詩に勲（いさおし）ではなく
　賜（たまもの）を求めるべき」*だと、ぼくも思います。深い秋の空のような
　　きみの静かで澄み渡った詩語の連なりは、どんな自棄やおもねりとも
　　　無縁です。それ自体で寂しげに、しかし毅然として立っています。
十一月の初めに沖縄に行く機会がありました。生まれてはじめての沖縄でした。
はじめてなのに既視感に満ち溢れていました。世界遺産にもなっている中部の
　　今帰仁（なきじん）城を訪れました。グスク全体に異様な鳴き声が
　　響いていました。それがセミだと分かったのは掲示されているもの
　　　にそう書かれていたからです。ヤマトの「岩にしみいる」声
とは画然と違います。フクロウなどの猛禽類の一種のような鳴き声です。

きみのややかすれた声にも似ています。ぼくも何故かわからないが、
心の底から泣きたくなりました。穴が開いたのです。誰かをはじめて
恋したときのように心に穴が開き、そこから泣き声が溢れ出して
きたのです。不思議なことに「涙」は出ません。東シナ海のけむる
波頭と遠くに浮かんだちぎれ雲がぼくの涙でした。
――秋篠の悲にまた逢はん夏の果て――きみの近詠ですが、ぼくも沖縄
で「悲」に出会ったのです。もちろんこの「悲」は「慈悲」の
「悲」です。でも私の悲しみとも言いたくなるのは、煩悩に満ちた
役立たずの「心‐ククル（ウチナー語ではこう発音するはずです）」の
せいでしょうか？「慈悲」‐救済を拒んでいるわけではないですが、
これはきみの詩の一節のように「おはよう、もう秋だね」と言い、そこから生まれる
新たな私の「悲しみ」を泣き尽くしていたい思いが強すぎるからなのでしょう。
できればきみの案内で南都を旅してみたい。二人で歌仙を巻く日を夢見ています。

M

今帰仁で泣く
グスクにかすむ神女の皺

デイゴの葉にたまる光
琉球黒檀が暗くする光のなかの影
祭場の石は躓くためにあり、生も死も石灰岩のように劈開するだろう
そこに生まれるのが十一月の心の穴の鳴き声だ
与論島を見晴るかす今帰仁グスクの頂に
大島セミの野太い声が響きわたる
今帰仁で泣く
何に？　と問うな
ぽっかり浮いた雲の下
辺土岬がまぬけなハブのように伸びているのが見える
やっとここまで来たのだ
躓くために反復する生と死の仕上げを
グスクにかすむノロの白い芭蕉衣の下のふくれた脛の色
「デイゴと黒檀とのあいだにある、ややとがった硬い葉を持つ樹木の名は
何というのだろう」
つねに既に問われているのに
吹きさらしの身が問うに落ちることもある

この穴には一人を横たえるスペースがない
その樹木の名の意味だ
大島セミの野太い母音が
「心」を「ククル」に交替させる、きみはOと泣くが
今帰仁ではUと泣く
今帰仁でUUUと泣く
「ぼくのククルには穴があいている、役立たずの穴が」
誰もいない十一月のグスクの午後の祭庭
誰のために開いたのでもない石灰岩の穴に
心の穴を重ねる
のろまなノロ、昼間のウルマ、まぬけなハブ、私が一番好きだったものたち
近くにいるのに　はかなく遠い
思い出
おまえはグスクのデイゴの葉陰に舫っている
おまえは辺戸岬の沖合に青く舫っている
歩むごとに光と影が激しく交錯し
耳を聾するばかりに大島セミが野太い母音で晩秋の午後を鳴き尽くす

そのとき「もはや」ない、「いまだ」ないもう一人のおまえも泣く
今帰仁で泣く
泣いた

昼間、のろま、うるまと回遊して
空蟬の心をククル樹に出会う
ここで殻のままで干からび
おまえのいない
時に生まれる
琉球黒檀にしがみつき、その樹液を吸い
光のようにおまえの肌に産卵し
ぼくたちは幼虫となって今帰仁グスクの乾いた地中深く息を潜めよう
おまえのいない、ぼくのいない時に生まれ出で
「美しい晩秋の午後**」のウルマを鳴き尽くす
ぼくたち
「あおりやへ」よ！
泣いている「ぼく」の「あおりやへ」になれ！

「聞ゑ今帰仁に
大神酒の満ち上がるぐすく」又　鳴響む今帰仁の空に鷲の舞う
羽ひとひら　けだるく陽を受けて光り、陽を撥ねて暗く
「あおりやへ」のククルの刺青となる
この時にも穴が開いた
刺青をした穴が開いた
泣き尽くすぼくの下をおまえが躓きながら歩み尽くす
泣き尽くすぼくの後におまえが海風を孕んで飛翔する
煽られる羽
静止する羽
静止し煽られる「あおりやへ」の裂けた口蓋の刺青が生き死にを繰り返す「ぼく」の
あわれな親たちの証
「わたしが一番すきだったものたち」
服従の果てに祭りの庭の石になり、今帰仁で泣く「ぼく」を残し
「光の落葉」が辺戸岬の彼方に積もる
弱法師の与論、沖永良部を打鍵する百合の手、徳の島たち、かけろまの影で、
敗れる者たちのためにだけ

歌者が歌う島歌
「わたしが一番すきだったものたち」
「あおりやへ」よ！
泣いている「ぼく」の「あおりやへ」になれ！
役立たずの三つの眼が鳴きつくす緑のややとがった硬い葉たち
「天国的に冗長な」詩が
グスクのデイゴの葉陰に舫っている
辺戸岬の沖合に青く舫っている
ヤンバルのクイナのように
おまえは全路を歩いて来る
おまえのために
今帰仁で泣く
泣いた

＊倉田良成氏の言葉　＊＊・＊＊＊ともに吉増剛造氏の詩から。その他に「おもろさうし」からの引用がある。

指の方位

　グレン・グールドの弾くブラームスの間奏曲集が深夜鳴っていて、音の途切れたところや静かなところで、彼の歌っているのが聞こえる。指で地図を押さえると、そこはいつも北だった、そんなふうに彼は書いている。少年のころから北が彼を魅惑してやまなかったのだ。いろんな理念につきあってきたが、北や南の理念にだまされたことはなかった。だまされたとしても、それはそこを押さえた指のせいだから、それでいい。フォー・ウェディングというイギリス映画をテレビで見た。葬式のシーンがよかった。年輩の愛人の死を悼むことばを年若い男（二人はゲイだ）が述べる。「彼は結婚式がきらいで、葬式が好きでした。なぜなら死は結婚とちがい平等にわれわれにも訪れるから」などと語り、会葬者を笑わせるのだが、自分の気持ちを述べようとすると言葉にできない。その代わりにウイスタン・オーデンの詩を朗読する。こんな一節があった。「……彼はぼくの北、ぼくの南、西だった。ぼくのウィークデイ、日曜日の休息、ぼくの昼、ぼくの深夜、ぼくの会話、ぼくの歌だった……」。彼や彼女のことをこんなふうに想像できるのはすてきだ。嘆きの息が風になる。

真北風（まにし）が、まねまね吹けば
按司襲い、てだの
御船ど、待ち居る
追手が、追手ど吹けば

オモロのことばは風そのものだ。「まにしがまねまねふけば」と唱えると、薩摩に拘留された尚寧王（按司襲い、てだ）の船を待ち望む王妃の嘆きが聞こえてくる。追手風（順風）よ吹け。吹け。あるいは真南風（まはえ）がそよ吹けば、黄金の口（こがねぐち）とうたわれた那覇の港に、唐や南蛮の交易船がきらびやかな幟をはためかせて蝟集した栄華の世もあったのだ。殺戮されたものや、極光に染め上げられた孤独な魂たちはよみがえることはないだろう。しかし、南にせよ北にせよ、白い鍵盤のように少年の指が触れることを願っている。ヴォリュームを少しあげる。変ホ短調の曲のクライマックスで音が砕ける。かすかに声が歌っている。

「光の落葉」を読んで、あるいはプライベートなアーグ

われわれは考えねばならない。

「宇宙的な心細さ」をだれが感じているのかというと、唄者の島唄を、「わたくしにだって」唄える吉増剛造さん、だとわれわれは考えるが、これは正しくない。エミリーの幽霊や西脇の幽霊（西脇の幽霊とはトートロジーのようだ）、幽霊の西脇順三郎たちが感じているのだ。そうでなければ吉増剛造さんは「俊寛僧都や成経康頼の輩は、憂ひ憤りに心が乱れてゐた為か、この大潮の波を見て泣いたと謂ふ。……。京の小さな陰謀に没頭してしまって、島を最も美しく又最も安全にせんとした天の大神の政治には、意を注ぐ余裕が無かったのである。何人が見て名づけたものか、鬼界と云ふ語も天涯の孤客を劫すに足りた。それに沖縄より北の潮はまだ冷かで、珊瑚の生活が活発で無かったものか、大瀬の隠れ岩は海底に潜む魔物のやうに其瀬を只所々に露すばかりであった。暗夜に海の鳥などが其上に居て鳴くと、馴れたる船人すらも怖れをののいたと謂ふから、めめしい都人にはこの美しさがわからなかったことであらう」（柳田國男『海南小記』より）ということになりはしないか。「宇宙的な心細さ」と「天涯の

孤客」はどこか通ずるものがある。われわれにかわって誰か、たとえば吉増剛造のような人が、「宇宙的な心細さ」を感じ取ってくれる「天涯の孤客」のような役を演じている、演じてくれている、と考えることは、何よりも吉増さんの意図に反しているし、われわれの怠慢ということにもなるだろう。

時々、一匹オオカミではなく、一匹ウサギのような島尾敏雄を思い出す。柳田さんと違って、かれが見たのは何もない島の何もない「きゅらさ」みたいなものだったろう、と今思う。そこに弥勒（ミルク）の目を、吉増さんは見たのだろう。島の、島尾の弥勒の目、一匹ウサギの目。この生身の生から、たとえば伊東静雄さんは唄者として次のように唄っている、

　曾てこの自然の中で
それと同じく美しく住民が生きたと
私は信じ得ない
ただ多くの不平と辛苦ののちに
(ここからわれわれのことばだが、) 一基の墓の、またその墓の一基として死に続けるというしかない、おのれを毒するルサンチマンとともに。伊東さんも、柳田さんも、そこから離れるところを、島尾さんは、さ（吉増さんの、さ、のまねです）、離れなかった、ということなんだよね。ものすごく微妙な点です、

そして「晏如として彼らの皆が一基の墓となっていることがわたしをいくらか幸福にした」、や、「めめしい都人」とか。そこが離れるここになる、とわれわれは考える。もういい、イロニーやおくびのようなシンパシーは。こう言い切ったあとの、寂しさに自らを限定できさえすれば……われわれすべてが「宇宙的な心細さ」から疎外された「天涯の孤客」だから、

わたくしたちは何を見て、眼に曇り、傷を、残すのか、……

という、吉増剛造さんの一行に、……

われわれは憂鬱な家族の物語のなかで、異語がとても効果的に響くのを聞いた記憶がある。これも一つの光の記憶だ、結局は自らへ、自らへしか落ちない落葉「オカアシャンノバカ、オカアシャンニイイツケチャウカラ」のコトノハ。幽霊たちがしかけた、蜘蛛たちがしかけた朝の網に、われわれは捕獲された、この夕べの夕日（ひ？　ヒ？）が露のように、棘のようにわれわれ各自の物語を、珠として貫き、痛みとして刺すまで……多くの補助網にとらわれ、もがきつつ歩んだに違いない。「宇宙的な心細さ」の煙が立つ。「天涯の孤各」の放つ、しめった臭いから、幽霊たちが投げかける網からも、離れて。しかし、唄者の島で（彼女は天に召されたのである）、また新しい物語が、ヨーデルに似た裏声とこぶしで、一字の、一時の、生を歌いはじめるだろう。

繰り返し、網が張られ、網が破られ、そこには「光の落葉」が堆積する。それらは無数のガジュマルの樹になり、無数の気根を垂らし、暗闇には、どこかで見たことのある幽霊のように泣くだろう。その背後に、われわれは黙ってたちつくす。「絶対ハジメませんとあんなに言っておきながら、やっぱりハジメるんだ。ハジマリだ。ハジマリだ」。

祝祭のようでもある憂鬱なカテイノジジョウ
古仁屋の町でぼくはぼくに手錠をかけたことがある
波浮が初めて記録に現れるのは延享四年のことだ
その二百二十五年後、ぼくはそこの高校の教員になった
同じ名の島にひかれて、逃避的な出家を試みたわけだ
わずかばかりの島をめぐるクイナ（クエーナ）のような歩み
そのさきに形式の唄は現れず
アーグがプライベートな怒りや恨みのまま渦巻いているようだった
二〇〇二年八月十一日の朝
Mongol 800 の古典的なハードロックを聴く
「人は弱しうわべ装い心は裸　うわべは崩れる」
「矛盾の上に咲く花は

　根っこの奥から抜きましょう」
ここにも「宇宙的な心細さ」が立つようだ、しかし
裸の心の、とても単純だが、銃弾のように強い
心細さの煙
祝祭であると同時に憂鬱な家族の物語
あなたは泣きながら手錠をあける鍵を探す
あなたは自らを責める必要はない
モンパチのように吼えろ！
ダンデリオン！
ライオンの鋭い歯！
噛み砕き、飛ばす
タンポポの冠毛のように
風に乗って
四散し
四散せよ
「根っこの奥から」のハジマリだ

――屋久島では、夏の直射日光のもとの気温がゆうに五十度を越すことは以前にも書いた。そんな夏の午後の陽射しを、島の人たちは、「陽（ひー）の痛か」と言い表す。――と、死んだ山尾三省は書きつけている。この人も、漂流する「部族」からはじめて、「島」という「場所」にその生命の根を植え付けて生きた人間だ。どこか星の世界に消えてしまった。『亀の島』の詩人スナイダーとの対談で、山尾は「生態地域主義（バイオリージョナリズム）」というスナイダーの考えについて賛意を表明して次のように書いている。――自分が「地球即地域、地域即地球」という言葉で取り組んできた内容を、ゲーリーがより大胆に「生命地域主義」と表現していることを知った時には、太平洋を隔てた何千キロかの空間と、ほぼ三十年の時の空白が一挙に縮まり、ぼく達はじつは同様の夢を同様のカミによって見させられていたのだ、と気づかされた。――二人の対談の通訳者で、またスナイダーの研究家、山里勝己によると、「それは、政治的な網の目を被せて分割された行政上の地域を基礎として生活を考えるのではなく、生態系を基礎として境界を定められた地域、すなわち草や木や川などを基準として括られる地域を中心に、人間と自然、あるいは人間の生きる場所について考えながら、新しい生き方を追求しようとする思想と言ってもよいだろう。それはまた、自らが選択した生態地域（バイオリージョン）にコミットしながら生きていこうとする、ディセントラリズムの思想でもある」。連日の異常な暑さのなかで、山尾三省やゲーリー・スナイダーを読んでいる。彼らの生き方にすべて共感するというのではない。無機的で、自然のどんな息吹も感じられないと独断している、この身とそれが置かれている環境が、実はなにか大きなネットワークの網目のようなものとしてやはり存在しているのだということに気づかされるのだ。その気づきは、不愉快ではない。欠如を言い立てられているとも感じない。自然の風が、吹きすぎるときのさわやかさと「心細さ」を同時に感じさせる。スナイダーはシエラネバダの

山中に消えた友人ルー・ウェルチに寄せて次のように言う。平易だが説教ではない、あるいは説教だが平易に生きられている言葉だ。

ほかでもない循環（サイクル）のことを、子供たちに教えてやれってことだ。宇宙のすべてはこれにかかっている。ところがみんなが、そいつを忘れてるんだ。

（註）島尾敏雄「死の棘」からの引用がある。

胡桃

祖母たちに

茶色の皺に刻まれた皮と肉に薄化粧をほどこされて白木の棺に横たわっていた。孔という孔からとめどなく液が流れて、あなたは二度死ぬことを演じるために、つまりあなたの最後の意思を伝えるために、その流れるものは、もう魂ではない、だからおまえの手で孔を塞ぎとめよ、そのしぐさこそ喪のしぐさであり、おまえが召喚されたのだ、と語っているように見えた。

木の舟の緑の肉の骨の殻の魂の芯の……包み込まれたものの正体がこうして明らかになる、まさにそのとき液が流れ、液が焼かれ、際限もなくしたたる汗を喪服にぐっしょりと濡れ包み、人が歩いている道を遠く、哲学の教科書を読むように思い返しているが、その背後に流れている液のことを、だれも考えようとはしないのだ。律儀な公務員が「これが仏様なんですよ」と箸であなたの骨をつまみあげ、「私は錯覚していましたが、喉仏は仏様ではないんですよ。実は……」と彼の仕事上の発見に夢中になっているとき、あなたの液、そして菊の花の液がしみこみ焼かれた、あるものは黄に、あるものは紫に窯変した骨、おそらくあなたの腿のあたりの骨片を、ぼくは盗み取っ

た。奇妙な熱さにたじろいだが、ハンカチでくるんで喪服のポケットに入れた。

川沿いの道に出る前の住宅街がとぎれた所にある雑木林が伐採されていた。コナラの樹が切り倒され、さらにチェーンソーで切り分けられている。何本かあった松の巨木も横倒しになっている。樹脂の匂いが漂っている。バリバリとチェーンソーが唸る。フロストの詩の一節を思い出した。少年の手に丸鋸がとびかかったとき、「少年が最初にあげた悲鳴は痛ましい笑い声だった」。

川沿いの道に出た。あんなに匂った金木犀の小花もすべて落ちた。ジーンズを腰のあたりまで下げた少年と制服のスカートを極端にミニにたくし上げた少女が肩を抱き合って歩いて来る。かたわらに咲くゴンズイの花の露出した黒紫の種子のような二人。すれ違った後に二人の親密な笑い声がせせらぎのように響いた。こうして、ぼくはその胡桃の樹、一本の痩せてひょろひょろした胡桃の樹の前に佇む。

いつも通過するだけだった。別れの儀式。あなたは榊の葉と塩と昆布と聖なる酒を神前に供え、この世界に生きる苦しみをあなたが担うゆえに、旅に出る者にそれを負わすな、とほの暗い声で繰り返し、あなたの緑の皮の上の毛を抜き取り、それを丁寧に懐紙にくるみ、ぼくに渡してくれた。あなたの目はいつも笑みを含んでいたが、それ

は伝承の最後を生きる者のあきらめであり、信から切断されたものたち、不幸を不幸と感じないものたちの、すべての不幸を担おうとする覚悟でもあった。あるものは酔い、あるものは裏切り、あるものは盗み、あるものは殺した。憎しみに囚われて地中深くもぐったまま、ついに帰ってこなかった息子の一人のために、あなたはあなたの腿の骨を犠牲として焼いた。鬼たちが彼を食するかわりにと。砂浜に座りこみ、水平線の彼方を凝視しつづけたのは、ニライカナイを待つためではなかった。この世の旅にくるまれた息子、娘たち、孫たちの魂の芯、それを一心に見つめたかったからにちがいない。緑の皮の上の毛。蝶の羽のように軽やかなそれは、くるまれたものをほどく護符だったのだ。皮肉なことに幾重にも懐紙にくるまれた毛を、我々の中で開けた者はいない。そんなにも我々は悟りから遠い。あなたをすっかり焼いた後、我々は各自の仕事に戻った。フロストなら「死んではいないので」と言うだろう。

ポケットに入れた骨は生あるもののようにもろく崩れていた。黄色に紫に窯変した破片の破片をぼくはなめてみた。一人の足の悪い女性の九十三年の痩せてひょろひょろした人生の味がする。それを自らの孔の奥底の、そこに湛えられているにちがいない液でくるみ、ときにはそれを洗い直し、生も死もさだかでない、渚のような世界に佇み、もはやそこから歩き出すことのないように、片足が砂を踏めば、片足は宙に浮か

し、過去も未来もありえない歩行をこそ祈るだろう。渚ではねる緑の肉の揺れる液に包まれて骨は歌う。道などないし、そこに流れるクリークもない、おまえが生きているこの世の旅の出来事の重さはいつもあそこで風に揺れている一本の胡桃の木。

ベンチに老人が一人座っている。老人の目は笑みをたたえている。枝の中程に胡桃の実が何個かついている。手を伸ばしても届かないが、ジャンプすればあの枝の先端をつかむことができる。助走は必要ないだろう。飛び上がった。つかんだ。二個の胡桃があっけなく落ちてきた。手に握ると、厚い緑の表皮が割れていて、そこから液がにじんだ。老人は遠くを見つめている。せせらぎを聞きながらぼくは散歩を続ける。胡桃の緑の肉をはがしてクリークに投げ捨てた。中から頭蓋骨のような茶色の皺に刻まれた実が現れる。握りしめると、それは鋭く尖った。

渚の自転車

秋の雨に
濡れた
きしむ体に油のような雨
ジージーと鳴くセミを乗せた炎天の日々
そのあと　小さな水たまりでぼくたちは泣きながら横になった
うるさい木たちが　夜のまわりを包囲して
パンクした車輪が重ねられていた
「共通だが差異のある責任」のかわりに
「どこまで食べないでいられるか、油もとらずに、きしんだままで、ギーギー耳障りな、お互いを競争で演じてみよう」
ぼくたちのなかで
いちばん大きな男が命令する
うちあげられたおおらかな波の名残を縫って

渚の自転車が走り出した

暮らしの暗川《クラゴー》。きみが「さようなら」を言い、そこが自らの亡命地であると宣言し、眼と足を失った肉体を、繁茂する原生林の供物にした、その島に僕は一度も健康な両足を踏み入れたことがない。「遂に出発は訪れ」なかった父と、首都という言葉の禍々しさ、輝きがまだ生きていたころ、その中心で炸裂させた爆弾とともに伝説として封じ込められたきみのことを暮らしの暗川《クラゴー》で洗濯しながら考えている。どこにも出撃しないパルチザンである僕は、今も「崩れ」の姿勢を保ち続けている父の子であり、季節の推移に人の肌のように敏感であった多くの木造のアパートに隠れて、「帝国」の転覆のための爆弾を製造していたきみたちの兄弟である。そしてカクメイのためのセクトと同人誌の代わりに、たやすくバンドを組んでロックを布教する息子、娘たちの父でもある。

白い項から響きだすドラムが同心円状に刻む
波
砕けて引き、引いて、砕けるために寄せる
だれの子供か、笑う声が聞こえる

波は沖のはるかで身をくねらせ、ただ一人のために色を濃くする
宿りの浜で飲食する小さな無数の影の記憶
今日の新しい浜に初めて足を踏み入れたのはだれの子か
無人の部落
杖を持った神々が茅葺の家々を探索している
石垣の隙間をハブがさびしそうに滑って行った

現在であり過去でもある。アーカンソーの流れに鱒がつぶやく。ウイチタの滝まであと5マイル。うるさい釣り人に邪魔されなければ私はそこに到着することが可能だろう。釣り人がまだいると仮定しての話だが。流れと対話するように泳ぐことだ。ただ流れを読めばいいのだ。それを創り出すなどということを考えないことだ。流れはテクストなのだから。

私は文盲だから読むことができるのだ、突然啓示のようにひらめいた釣り糸があった。これに釣られていけばいい。ウイチタの滝まで私は寝たままで直行できるだろう。こうして、すべての文字と音が釣られ尽くし、テクストは白紙に帰した。流れは憮然として鱒に応答することはなかった。無音と無文字の流れの岸辺には、薄暗く人を迷わせる森が深々と続き、釣り糸のような樹木の根が流れに垂れている。忘却の淵（リン

ボ）のような風景。現在であり過去でもある。

秋の雨が降り続く（女の字のように、縦に、分けられ、重ねられ、乱れ）
過去でありつつ現在である時間に
萩が風に揺れ雨に濡れ
家族が集まる
回想することを覚えた子供たちは（大人になるとはそういうことだ）
めいめいのニルバーナを回想する
渚には自転車が
岸辺にはショットガンが
御簾は風にあおられ、娘と母は顕になる
「父」は遠くに疎外され
秋の雨が露に吸収されると
ぼくたちすべてがそこに閉じ込められて
きらきらと光る

コルクスクリュー

ショーンと午後の五分間話した
五分間の男は日本人にもいる
せいぜい十八秒で耐えられなくなる
金もたまったし、もう掛け持ちはやめてここだけ
株式欄をよく読み
ミュウチャルファウンドは日本語ではどう訳すのか
訊ねられたが
そんなもの知るはずがない
——いや、ぼくは一度も行ったことはない
　夏のテキサスなんて考えただけでうんざりする
——きみは日本で必死に稼いでいたわけだ
　英語好きのサラリーマンを鴨にして
——カナダに帰っていましたよ。日本語の方もだからサッパリ

ところでテキサスだけ?
——ニューヨークにも行ったよ
——ぼくは典型的なニューヨーク恐怖症で行ったことはありません
——きみはカナダ人だろう。カナダ人が怖がってどうするんだ
——国籍には関係ないでしょう
——カナダ人にはアメリカがわからないんだろう
——日本人にはわかるのですか

☆

テキサスをメキシコ湾に向かって南下してゆく
コーパスクリスティという港町がある
キリストの身体という意味だ
海で溺れる者を優しく手招きしているのが見える
そこから車で二、三時間も飛ばす、本当に飛ぶんだ
一面のコットン畑におまえはのみこまれて
やがてリビエラ! という名の
荒れ果てたビーチに到着する

リビエラ・テキサス
一軒の小さな店
クリオという名のおばあさんが
釣り客のための生餌や飲み物を売っている
プリーチャーという名の老犬が彼女の伴侶だ
居間を兼ねた食堂の壁面に
隙間なく家族の写真が貼られていた
亡くなった夫
嫁いで別れてまた嫁いで今はエルドラドで仕合わせに暮らしている娘
三人の息子たち
どこかのロースクールを卒業して弁護士になった優秀な孫
湾を吹く風が強くて
すべての樹木は陸側に折れ曲がっている
クリオの腰も曲がり
リューマチのせいか脚はこぶだらけだ
プリーチャーも轢き逃げされた
曲がった脚を引きずっている

牧師という名の白い大きな犬
一人と一匹が黙って
暗いメキシコ湾を眺めている
今にも壊れそうな背の低い桟橋が海流に洗われている
曲がった腰
砕かれた脚
とてつもなく広大で空虚なものが
一人と一匹をのみこんでいる
旅人のかたわらにも従順に脈打つプリーチャーの背中
ライムの実をクリオが腰を伸ばしてもいでくれる
おまえが思っている「悲劇的」なんて
この果実のすっぱさ以上でも以下でもないのだ
コルクの栓抜きのように湾曲した心で
立ち向かっている
砕かれた脚で立っている
夕日がながい時をかけて静かに沈み始める
暗い海が燃え上がるのをいつまでも見ていた

☆☆

——テキサス人ってもっと陽気だと思っていました
——さっぱり分からなかったが
　陽気にしゃべっていたさ
あなたの感情が全体をみょうにゆがめているんだ
そう感じたのだから仕方がないじゃないか
そこで五分間が経過し
会話をやめて立ち上がったとき
ショーンの白い顔がプリーチャーのそれと重なり
彼もどこかを砕かれているのだとわかった

☆☆☆

クリオからの手紙
「孫のような日本の友へ
老齢のために私もプリーチャーも耳が遠いのはあなたも知っていましたね。
あの古いピックアップで息子の所へ出かけようとしてエンジンをかけました。

かすかなエンジン音。アクセルを踏み込むと同時に、にぶい衝撃を感じました。いつも注意していたのに、今日に限って車の下を見なかったのです。気持ちよく眠っていたプリーチャーを私が轢き殺したのです……」

文字がゆがんでいる

友だち

午後五時過ぎ
サティのジムノペディが鳴っている喫茶店
軽いことが重いと歌うその曲の
深みに浅く溺れて
久しぶりに
泣いてみたくなった
ペダルを踏み破る生から
雨に濡れた裾を気にしている
どの時計も現在を忙しく刻むだけだ
おまえは癒されたいのか、それとも
綿のような音がぼくの周りを旋回し
「あの輝きのときをともに生きた唯一の友に」
最後の手紙の最後の行で呼びかけて

きみは新しい恋に夢中になっている

緑の若葉をくわえて
The truth is Out There 真実は彼方に
帰って行く
亡霊のように明るく
「きみの内面はない自由もない反抗もない」もない
ぼくの貧しい耳に反響する
ついに日本語を練習せずにヒューストンに帰った
友よ

ハイウェイの入り口に隣接した料亭で
築山から聞こえてくる
ぬるぬるした琴の音
最小の単位に分節され、少しずつ遅れて出される
植物や魚
ささやかなことはこんなにも意味に満ちている

幾多の別れの前で
交わされるだけの酒盃の馬鹿
しなびた葱を口にくわえて
決然として立つのは
明日だ

キーウエストで
シルバースタインが死んだ
きみがくれた「屋根裏の灯り」
HOW MANY, HOW MUCH という詩がある
その最後は
次のように終わっている
How much love inside a friend?
　Depends how much you give'em.
どれだけきみに与えたのか?
きみにもぼくにも妻がいたから
ぼくらはセックスすることなどは考えなかった

ハウマッチラブインサイド
もどかしくもどく二人だけの闇がどこまでも
ひろがり
キーウエストの猫の目は光り
貝殻たちは笑う

「こころの歌」にも飽きたというのが実情です
「世界」について
言わなければならないとしたら
知り合ってから二十年来突っ立ったままのクリーク沿いの欅の友の
しめった肌に耳を近づけ
かれの意見をしずかに語らせよう
光と音
殺戮と愛
土手の鼠、垣根の蔓草の生と死
(ヘッジファンドの馬鹿)

母は父と別れた
母の名はビーという
レストランで、幼かったぼくらに別れ話をささやいたときのことだ、ヒデミ
大声で喋っている狂った女がいた、ぼくらやすべての人の視線が迷惑そうに
その女に向けられたが母はそれを制した
あの女の人は狂ってなんかいない、狂っているのは私だ、と母は言った、ヒデミ
わかる？　ぼくが何を言いたいのか？　食事を済ませ女の前を通ってレジに行く
急に静かな声で、その女が母に言った
「ビー、あなたの苦しみはよくわかる」
初めて会ったのに、母の名前と母の苦しみを知っていたのだ
隠さないでくれ、ヒデミ
名前の後には何もないのだよ

サークルやユーカリなど

「六人の宇宙飛行士の英雄たちと一人のアメリカの伝説」を乗せた船
伝説の老人はインタビューに答えて
「陳腐な言い草だが、重力ゼロ、そして気分は良好です
この窓から見える緑の地球の輝き。どうしても神の存在を否定することはできません」

ビーは言う
悪魔として人は生まれ
地上の重力にうちひしがれながら神に接近するのです、と
「テキサスの牧場でカウガールのような生活をしていたとき……」
ぼくには彼女の発音がとらえられない
カウガールがカーゴに聞こえ
草原の露を踏んで搾りたての牛乳を運ぶ少女の姿を想像する
「朝、大きなサークルがいくつも牧場に出来ていたの」

弟のケニースを起こして、そこに戻るともう消えていた
次は高校生のとき
入院している母の看病をしていた
深夜、病院の窓から見えるユーカリの樹の枝々に無数の灯りがともっていて
クリスマスツリーのように輝いていた、巨大なツリーそのもの
「息をのんで、いつまでもじっと見つめていたわ」

ぼくたちの車の前を大きなワゴン車が走っていた
信号で止まった
その前を小さな男の子が
しっかりと前方を見つめ、背筋をぴーんと伸ばして一人で横切っていく
ビーもぼくも、トロイとバネッサ夫婦も
息をのんで、じっと見つめていた
「なんてかわいいんだろう」とビーがため息をもらすように言葉を出した
ぼくにはそう聞こえた、それは正しかった
ぼくたちのだれもがそう口に出した
それはとても自然だった

奇蹟のように

玉川屋で
天ぷら蕎麦を食べた
ビーとぼくは冷酒を飲んだ
トロイとバネッサは生まれたばかりの娘マドリンの世話をしながら食べた
隣の座席に山帰りの三人の老人たちがいて
ぼくらに時々視線を向ける
関西弁の一人がついにぼくに尋ねた
「お酒よう飲みはりますね、その外人さん」
ビーは酒豪なのだとぼくは答えた
へー、テキサスから孫の顔を見に来たのですか
それにしても若くて美しい、おばあさんには見えませんね
そこんとこよう通訳してんか、ハハハ
アメリカと戦ったんですよ
こうしてテキサスの女性と話ができるとは
ビーは、あなたたちも若いと言った

その中の一番年配に見える男が
アメリカのなんとかという薬を飲んでいるからだと答え
ビーに知っているかと尋ねた、その薬を飲むと
肌がつやつやするから是非ためせと
しまいに
その男たちはぼくたちを入れて記念写真をとった

「ママ、ヒデミにそんな話をそんな速さで話してもわからないよ」
運転しながらトロイは言う
ビーは奇蹟のことを熱中して話し出した
ユーカリの樹の輝き
サークルの突然の出現
暗い車内で
彼女の眼が異様に輝いたが
いやではなかった
ビーを理解したかった
マドリンが泣いた

孫をあやしながらビーは静かに笑った

ジョン・グレンの神
ビーの神
宇宙船に乗り込むことはないし
どんな奇蹟に出遭うこともない
それは
ぼくにとっては確かなことだが
マドリンや
あの小さな男の子にとっては
どうなんだろう

ブコウスキーナイト

1

「金曜日夜のブコウスキーの会のことですが
その入会に関する情報を知らせて欲しい」
こんなメールがパソコンに流れた
だれが秘密を明かしたのか
戦争はいつでも起きているのに
ちょっとしたアクシデントや紛争として報道される
ぼくたちも同じことを企んだ
とるにたりないことのなかに重大な秘密を隠したのだ
にやにや笑って宗教や思想を語ることにした
輪廻のことではいつも論争になった
ヴァネッサはカーネーションの

トロイはバタフライの生まれかわりを主張してゆずらない
マークは輪廻の断絶こそが仏教のポイントだと言い張った
でも最後はいつも机の下で
ブコウスキーの詩や小説を朗読して哄笑した
「月」「馬」「猫」「やること」「酒」「音楽」「女」などが
川のように流れては消えた
戦争の現場に出たような気がした
小さなものが小さな血を流す
ブコウスキーの夜の向こうには
何もない

2

「この巨大脳がつくりあげていく破産はみじめで醜い」

「そうしたものだ」

カート・ヴォネガットの作品には、なぜ
「そうしたものだ」という表現が多いのだろう?

トロイとぼくはそんなことを話した

――ドレスデンの無差別爆撃で地獄を見たから人間が信じられないのだよ
――でも人間の悲惨さに距離をとることで最終的には赦しているのだろう
「このかわいそうな巨大脳」と言っているからね
――彼にそんな権利があるのかね。
――違うよ、権利ではなく、単純で正直な愛だよ
みんな死んでゆくなかで生き延びるということ
腕時計の秒針がせわしなく回り始めている
長針がゆっくりと天元に向かう
Mが遅い風呂を済ませて出てきた音がする
今、午前一時を一秒過ぎた
眠れない
昼間テレビで見た碁の手順を思い出す
死に直面したバラバラの石を見事に連絡させ
命を与えた若い棋士の真っすぐに伸びた背筋
生き延びるのではなくて
生きた
しなやかな手

読まれていく秒にあらがう
読む手
「そうしたものだ」

3

二月八日
木村くんと二人で文明堂に行く
彼はコーヒーとケーキ
ぼくはビールとポテトフライを頼む
木村くんの話
競馬の帰り、いつもの喫茶店で藤川とブコウスキーナイトの話をしていた
ママがびっくりした顔でぼくたちを眺めていた
大声で喋っていて
ブコウスキーが「ぶっ殺すぞー」と聞こえたらしい
二月八日
隣の一室では、一ノ宮朱美のカラオケ教室が開かれていて
「女の恋はせつなくて」と手拍子をとりながら歌っているのが聞こえる

鹿鳴館スタイルのウエイトレスの長いドレスの下の脚
コップ一杯のビールに酔いそうになる
ブコウスキーがおまえをぶっ殺すぞー
ぶっ殺されてもかまわないと一瞬思う
ぼくたちはここから出てゆく
身だしなみのいいホームレスの男が
「ああ、せつない。せつない風景ですが五千円ほど用立てて下さい。リストラに遭い
まして困っているのです。すみません。ああ、せつない風景だ」
言葉とは裏腹に
ナイフの鋭い刃先がぼくのわき腹をえぐる
「そうしたものだ」
二月八日、この日は四十八回目の誕生日だったように思った

木霊

二十二章には新しいヒロインはまだ出現していないようだった。「まだ」なのか「もはや」なのかは、いつも協議会の中枢で議論されていた。ただし、ヒーローは「もはや」創造することは不可能だというのが協議会の結論らしかった。

若いFと二十歳を過ぎたDは彼を飢えから救出して育てるとともに、彼の二人の妻になる。FとDはそれぞれ東西のパビリオンに住まい、今や彼は月の半分ずつ交互に二人の夫となった。二十一章までを簡単に要約すれば、そうなる。飢えが精神的なものに変化していくと同時に、経験した物質的な「貧しさ」そのものの光を追求したいという矛盾に彼はとらわれる。「にもかかわらず」とか「人のせいではなく」というような語句を多用していくことになる。そこに、Sという、ある高貴な「筋」の末裔にあたる女性が登場する。議題は彼女がヒロインたりうるかということだ。

——木の霊が跳梁する古い屋敷は年とった叔母とわたしの墓場。この屋敷は亡くなった父の遺産。売却してもっと近代的で便利なマンションに移れという叔母や町の不動産屋の勧めを拒否することだけがわたしにできる正しいこと。屋敷とわたし

は誰かの訪れを待っている。十年前に、二十年前に、いや数え切れないほどの昔に、笑いながら、顔をしかめながらわたしを抱いてくれた人を。

——ぼくにとって貧しさは精神的な外傷ともいえるものだ。母に棄てられ、きみたちに救われたぼくは、にもかかわらず、救いのないSの貧しさと醜さにひかれる。ぼくがずっと抑圧してきたものが、そのままの姿でそこにあるからなのか。

こんなことが物語には蔓草が垣根を覆い尽くすような勢いで綴られている。彼はどこでも自ら泣き続けることのできる稀有な男として描かれていたが、協議会の例の噂ではもうすぐ抹殺されるはずだった。彼は一般に認められていた「富貴」という価値観に忠実に生きようとし、物語作者たちも全力を尽くして彼を賛美していた「にもかかわらず」。協議会は彼のトラウマを発見し、それゆえ彼をヒーロー足りえないものと考え、断罪しようとしたのだろうか。

協議会の公式サイトには次のような見解が大書されている。

——大いなる失望は大いなる歓びを隠蔽するトリックであって、物語作者たちの常套手段である。われわれは依然として逆説やアイロニーを全面的に肯定するものだ。勝利の悲哀、敗北の美学はわれわれの理念の奥に流れる血であり、われわれ若き世代の特権である——

まやかしだ。彼は「にもかかわらず」これを読み深夜一人泣き濡れる。物語に敗北

することで彼の勝利がある、と協議会のお偉方は承知しているのである。Fは長い髪を切った。Dは彼を捨てた。Sだけは下手な歌を彼に送りつづけている。狐狸の住むSの屋敷の住人になったほうがいいのではないか。「人のせいではなく」彼自身が単なる敗北を勝利と強弁することによって徹底的に物語に敗北したからには。

どうして自然はいつも正しい夢なのだろうか?

どうして行為はいつも詩作の反対物なのだろうか?

雲隠れてゆく彼は最終的には権力を補完したにすぎない。協議会の意図にかなったのか、「にもかかわらず」なのかは彼の知るところではない。Sは傍系として、異物として、「こうだからこうなる」(彼らがいくら偽っても結局はこれに決まっている)式の協議会の読解の伝統から無縁なものとしてヒロインでは「もはや」ないし「いまだ」ないだろう。

O先生はいつも「わが国の文学の道は、言霊の風雅といふことにある。それは文字の隠微なところに宿るのだ。」と念を押される。しかし、テクストを見てほしい。

(雪の降り積もった朝、寒さに震えるSの姿をはっきりと見た。背丈はきみよりもずっと高い。何よりも特徴的なのは鼻だ。異常なほど伸びて、先端が赤く色づいている。赤いピアスをしているのかと思ったがそうではない。額の広さとその白さは何も映

さないときのスクリーンのように空虚だ。そこに誇示された紅花。ゲーテだったら色彩論での補色の実験をそこで試したにちがいない。普賢菩薩の乗り物、白象の鼻先の紅。胴長の体の痩せているのは、尖っているみじめな肩先から想像される。ああ、とうちうめくだけだった。

協議会もO先生も彼を誤読していることがわかる。先生の語るように「文字の隠微なところ」、すなわち助詞や助動詞の玉の緒に思いを潜めるだけでは彼の「うめき」の底にはいたらないし、協議会のイデオロギー的な読みではなおさらだめだ。

外はすっかり季節があらたまっていた。自然は悪夢のように思えたが、桜の一枝を折って、Sのための手紙をそれに結んだ。

〈お元気ですか。久しい無沙汰を許して下さい。きみに会ったあの日から、ぼくの目は飛蚊症になった。微塵のようなものが網膜の円柱にこびりつき、すべてが糸のように流れて、いとをかし。aの字は黒い老婆のように腰をかがめ、bの字は梨のようにつるっとし、yはcのようにコバルトブルーではなく、亜麻色の髪の乙女の色です。「あ」は阿弥陀様の「あはれ」の色。欅の若葉の色のグループは「み」とfです。和泉式部という友人の「思ふことみなつきねとて麻の葉を切りに切りても祓へつるかな」という歌の色をきみに贈りたくて……　不一

初夏の欅の浅緑が赤茶けた葉桜の枝々を鋭く横切り、あと数日で厚い葉群を作りだ

そうとする。さわやかさの終わりとでも呼ぶべき日。鬱々とした梅雨に樹木や草たちが繁茂し、屋敷全体を暗く覆い尽くす日々を前にして、「わたし」が突然物語の中に召喚されたのはなぜか。そしてなぜ「彼」を待ち続けなければならないのか。Sは自らの根拠の果てのアビス（深淵）を覗き込む。その「しじま」を守りながら、だれを恨むわけでもなく、静かな一基の墓になることはたやすい。それにしては「わたし」はわずか数章しか行為を許されなかった。「もう一人、Uもそうだ」と、この時ばかりは協議会にならって「彼」も言うにちがいない。しかし、五十四章の生のなかで、「わたし」はあまりにも少ない。Sは「彼」の最後の消息と、しおれた桜の花びらを冷やかに眺めた。やがて、そこに引かれた式部の歌に、O先生の「今年水無月のなどかくは美しき。軒端を見れば息吹のごとく萌えいでにける釣りしのぶ。忍ぶべき昔はなくて何をかわれの嘆きてあらむ」という詩句を合わせると、「色なんてどうでもよい。大切なのは行為だ」と強い口調で言い切った。しかし、その声は屋敷の精霊たち、木の精霊たちの妖しい「こだま」の響きに吸収されてゆく。

泳ぐ人

午後のプールで泳ぐ
天窓を漏れてきた陽が
プールの底のスクリーンでゆるやかなダンスを踊る
光りが青色の水のなかできらめく
強く蹴って
できるだけ体を伸ばして
どこまでも浮いて行く
水が体の隅々をからかって
別れてゆく
言いたいことがあったのに言えなかった
手が水面に出て
乱暴におまえをつかむ
今度は

一つの意志が試される
溺れたくないなら
水を打たなくてはならない
底できらめく光り
遠い物語
「昨日、夕日のなごりなくさし入りて……」

O先生は三十分ほど旧制高校時代の思い出話に興じた後、「夕顔」の巻の講読を進めた。「夕日のなごりなくさし入りてはべりしに、文書くとてゐてはべりし人の顔こそいとよくはべりしか。もの思へるけはひして、ある人々も忍びてうち泣くさまなどなむ、しるく見えはべる。」

「けはひ」の「け」は煙の「け」、ごはんをたく時にでるもやもやとしたけむり、「はひ」は「這ひ」。「気色」とは違います。こっちは漢語系統。はっきりしているの。だから「もの思へる」「けはひ」で、「もの思へる」「けしき」とは言えない。人がものを思っているかどうかなど第三者が断定できるものではない。「気色」という異文がある？　別本系統は決めすぎなの、いいときもあるが、ここは「けはひ」を取りましょう。

隣のコースの男は
クロールで休みなく何往復も泳いでいる
水は彼の体に
離れては
近づく
この男が
「ものを思って」いないなんて
だれが言えるのか
「ものを思って」いるなんて
だれが言えるのか
あの天窓から漏れる夕日について
その光りの
ゆらめく棒について
どう思うか
訊いてみたい

ついでにこれがわかりますか、とO先生は言う。「もの思へる」の「もの」は何か?

これはね、ぼくの考えでいけば、定め、宿命なの。……思うときはいつもどうしようもないそんなものを思っていたのか、とぼくはあらためてびっくりした。あのハイデガーも絶対に仰天するにちがいない。

それぞれの「もの思へる」「けはひ」が
この水のような定めに浮いている?
意志あるもののように
おまえに触れてくる水の「けはひ」
「物語」の「もの」も宿命と同じ意味なのだろうか?
「もの思へる」
「夕顔」の花に
白露の光りが
きらめく
もの　がたり

左手を伸ばしたとき
右の方に顔をあげて息を吸う

右手が水の上に出、右耳を通過するとき
水中に深く息を吐く
なごりなくプールの底にさし入る
夕日
ゆらぐ棒
銀鱗を翻して逃げる魚に
深く息を吐く
いつまでも深く息を吐いていたい

「秋にもなりぬ。人やりならず心づくしに思し乱るることどもありて……」
秋にもなりぬ、というのはそれ一つではないということ、秋という限定をぼかした。人やりならずは、人が何かをさせたのではなく、自分からということ。心づくしは、ろうそくが燃え尽きるように自分の力を使い果たしてしまう、自分の力が尽きてしまうこと。悪いけれど、ぼくの力も尽きてしまったので、今日はここまでで勘弁して下さい、とO先生は講義を閉めた。

泳ぐ人は

自分から
溺れることを
心のどこかで
求めているのに違いない

二つの河一つの空

「二、三年前、私はモルダウ河で小舟に乗りました、
河を漕いで上がると今度は身体をすっかりのばして流れのままに下り
橋の下を通るのです」
カフカはミレナに書いている
きっと死者のように見えたでしょう

数えきれないほどの観光客を乗せたカレル橋
彼の顔が
露店のTシャツ屋で売られていた
——日本から来た、と言うと
——トウキョウとテキサスはプラハから同じぐらいの距離かと尋ねる
その青い眼に浮かんだ謎を
今も解くことができない

玉川上水クリークの岸辺に咲いている
夏の残りの百日紅の紅に
国境の町の少女の娼婦を重ねる
玉川上水と
ドナウ
玉川上水と
モルダウ
「と」だけが胸につまっている
欅の葉の間から空を見る
遠いと思えば遠い
しかし梢に接してもいる

ゲレルトの丘の高みから見下ろしたドナウはなにも答えなかった
カシャカシャ
シャッターの鳴る音
望遠レンズのなかで蛇のように静かにくねる銀色の流れ

遠近も高低も
苦もなく運ばれて
ぼくは「世界」の外にはじきだされた

ハンガリー最初の信者の像がドナウを見下ろしている
解放記念広場の月桂樹を頭上高く掲げた勝利の女神も
（そこに刻まれたソビエトの兵士たちの名前はすべて削り取られている）
「ブダ地区にあるソビエト広場という名の市電の発着所は
ブダペストで一番空気の悪い所です」
黄色い皮膚たちが笑う
一九五六年十二月
「ブダペストは銅像の町
ながい間立っていたので今は地面に寝転んでいる」と日本の詩人は書いた
それから四十年が経過した
あまりにも長い眠りに飽きて
また立ち上がったのか
飢えの記憶をすっかり忘れた黄色い皮膚の末裔たちは

ツアーバスのなかから
ベンツが猛スピードで追い越してゆく道路脇に
放置され曝されたローマ時代のストーンワークに嘆声をあげる

明日はセンテンドレ、ビシェグラード
今晩はドナウのナイトクルーズ、トカイワインのお土産つき
ガイドの勧めるオプションツアーの代金を円に換算して
安いとつぶやく
ぷらは
ぶだぺすと
テキサスの友人に
——been there, done that, got a T-shirt
と絵葉書に添える

変身

最近きみは人間のようになり、ぼくはきみのようになってゆく。体をすりよせるとき、ウグッとかならずささやくが、ぼくは無言できみの鼻先——それは何度繰り返されてもはじめての冷たい興奮に似た夏の日の接吻に似ていなくもない——から足を静かに引く。きみは執拗に愛撫を求める。

まだ生まれていない孫たちをもうすでにぼくはある種の痛みとともに回想せずにはいられない。浄められた秋。収穫の日に、彼らはぼくの臨終の床で、祖父の語った寓話の真実を思い知るだろう。沈みゆく光がおだやかな愛撫を、眠りに誘う愛撫を促す。「ぼくの声は?」ウグッと必ずささやくが言葉はない。断食芸人のようなきみたち。遠くガリシアの地からここに流れついた飢餓術師。「違くて」と低地の言葉しか喋れないけれど、ときどき、か細く互いにすりあう子音の響きが、「わたしは幸せである、と不幸なわたしたちは言明する」かのように、孤独な嘘を告げている。どこまでも低くなったり、駅舎の梁にぶつかるように高くなったり。きみたちがそうであると見なす現実と、ぼくが信じている空想との間を往復する。伸縮自在な携帯の棒。

ウグッとうめいて急に抱擁を拒むのはなぜか。幼児のような肉体はあらゆる援助や共感から脱出しようとする。「ぼんやり座り込んで、たがいに自分を憐れむ」夫妻たちがまず殺戮される。飽食の果てに、あるいは断種や不妊手術のためにぼくは単に愛撫されるものに変わってしまったけれど、きみは昼の格率や日常の技法を憎むことが悪や恐怖の壁になりうると思っているのだろうか。

「公的な場での私的な顔は／ずっと賢くてすてきだ／私的な場での公的な顔よりは」とオーデンはきみのために書いた。しかし顔は「もはやない」、「顔はいまだない」。異種混淆の長い夜がきみの顔をすてきな山姥に変えてしまった。なつかしいメルヘンの村、ゲットーに帰れ！　と支配者と協力者たちがささやく。やがて無音と無言の恣意と盲目の意志が包囲するだろう。きみの行く手に必ず先回りし、さえぎるのでもなく、せかすのでもなく、きみにとても似たクローン、同語反復の姉妹のボールが上がったり下がったり。

ハインリヒのような緑の成長は歪曲であると言われてひさしい。ある国語！　学者は彼よりも有名な言語！　学者に自らを投影したことがある。「ここには言語なんてない！」と彼の運転手はスコーンフルな口調で雇い主を批判した。「悪言をなすよりは悪言に苦しめ」。

胸の上にきみを乗せて、ゴロゴロと鳴る喉を何度も下から上へと撫でる。大きな眼

を細めて、うれしそうに、ときにはぼくを憐れむように、きみはなされるままに……。しばらくして、ウグッとささやいてしなやかに身をひねると、もうきみの姿は見えない。しかし、ぼくは言い当てることができる。きみが、電車に乗って、ここから一番遠い郊外の駅舎の片隅で猫のようにうずくまっている、と。そこで飢えなさい。豹の種族の自由と品位を保ったまま。

愛撫の成立

何本もの線路が重なる踏切を渡る
猫と彼はどこへいくわけでもない
彼はいつものように左右をうかがいながら
猫は耳をそばたてて
区画されたこちらから
区画されたむこうへ
猫からの手紙
「きみはいつでもぼくたちが見捨てられていること（フェアラッセンハイト）に甘んじていると言って怒っていたね。たんに飢えで結ばれているのはファシストとかわりないのだと。他へつながるかもしれない線路を横切るだけなのは、きみだってぼくたちと同じだろう。しかし、ぼくはきみを見て憎悪も憐れみもじつのところ感じはしないのだ。といってそれがぼくたちの自慢になるなどとは少しも思っていないが」
とことこ歩き去る猫

かれらすべてを虐殺したくなる
デリケートなそぶりの底にある無関心
飯時には手のひらを返して
すりすり
すり寄る
柔らかい肢体
弁護するものは言う
「処刑機械の歯車がきしむとき、きっときみは猫一般の思い出を反芻するだろう。ぼくたちの孤独がかれの足裏に隠された爪のようなものだったことを思い出し、泣くに違いない。きみの白い肌を引っかいたのは前世からの定めだった。宿縁のつらなり。兄猫はやさしい。弟猫も。基次郎猫の手はきみの化粧のための道具だったではないか」
膨れ上がった耳血症の耳や
膀胱癌の膀胱を
貴種流離の話型を借りて意味づけたり
プリマドンナとの死にいたらなかった束の間の抱擁などを
この生の追憶的な印象として
強化しようとする

猫年生まれの彼に
鼠年生まれの猫がからみつく
コンビニの薄暗い隅に捨てられている
団地の森の空間を走り去る
フェアラッセンハイトが走る
すべてを吸収し締め上げる柔らかさが走る
すりすり
すり寄る
テロルの尻尾で
情け容赦なく、彼を密告者に仕立てあげ
猫史観の信奉者に、猫の、根の堅州国の愛国者に仕立てあげる
違う、とおまえは言うのか？
彼の疲れた眼球をもむ
おまえの足裏の冷たさ
その癒しの当然の報酬だと
おまえは言いたいのか？
こうなることはわかっていたのだ

氷のように冷たい推論をたどっていくと
愛撫が成立する
鉄の万力のような恐怖の弁証法の果てに
愛撫が成立する
彼が猫イズムから抜けられないのは自明の理だ
窓から線路をぼんやり眺める
とことこ雨に濡れて
走り去るファシズム
走り去るフェアラッセンハイト
そのあとに西武線の黄色い電車が通過し、また間をおいて
八高線、青梅線が通過する
信号の長い音が止むと踏切があく
もう
おまえの姿は見えない

ヴァンゼーではない

南に向かって、そのままメキシコ湾にきみが向かわなかったのはどうしてなのか？教皇たちのリゾート地で旋回したきみは見た。豪奢に着飾った理由や赤い帆の影で抱き合う無垢たちの尻を。虐殺は属地的なものとして規定されているのではなく、きみ自身に属する罪であることは明らかだった。もっと上空にときみは思った。白い虹が太陽を貫いている。あの熱い半島で傭兵として戦ったときのように、「われわれは自由のために称賛されるというわけではない。そこから逃れてきた抑圧のために、いたるところで解放という名のトラップをしかけているのだ」という気持ちがした。

われわれの習性は眠りと思考だった。ほとんどすべての人間が罪ありなのだから、そこには一人も罪ありと言えるものはいない、と深く信じ込んでいたのだから。ヴァンゼーの館の夜。窓から赤い月が見えた。エチュードのときは過ぎた、これからは全世界が苦しみのノクターンを歌うのだ。われわれの任務の重さにはどんな神々もよく耐え得ないだろう。どこかの片隅で、恐怖に満ちた殉教のためのマニュアルが静かにたどられ、犬たちは犬たちの生活を続ける。きみはもっと歌をと言うにちがいない。

イカロスは父の戒めに背いて太陽に接近しつづけ、翼の膠を焼かれ海に落下した。その水音と、見捨てられた少年の叫びについてオーデンが歌っていた。その歌をまた、きみはどこかのだれかに歌ってもらいたいとは思わないだろう。

激突するために激突した。そのことは「どんなに警戒しても飛行機がビルに激突する危険性を完全に排除するのは難しい」ことを証明するためであり、かれらはそう宣伝することで、タガの外れたこの世界の恐怖を隠蔽しようとしているのだ。ありふれている。しかし、きみは太陽を貫く白い虹になりたかった。おそらく、われわれは最終的解決の最終的解決の最終的解決の……無限の解決のための新たな局面に立たされているのかもしれない。無限の正義と無限の平和の外に、きみの軽飛行機は「激突」したのだ。かれらにとっては、それは「移送」の問題にすぎなかった。「四十七万六千人を犠牲にして正確に千六百八十四人を救ったのである」。これは、ハンガリア、ユダヤ人評議会議長カストナー博士の功績である。

また、われわれは眠ったようだ。過去が過去でなく、未来のように感じられるのだから。十四歳になる家猫のように、過去がわたしを引っ掻くのを知っている。まれには「過去」は笑う。いや、笑いを含んだ悲しい顔でわたしを見るときもある。そのとき、なにか、虫に食われた斑点のようなものが浮かび上がる。あの半夏生の花葉に似

たもの。

きみの名前を知ろうとは思わない。わたしには全体像を描く能力がない。

静物

静かなライブ
静かにリブ
静かなライフ
スティル・ライブ
スティルリブ（まだ生きている?
静かな生活
静物、しずかもの、しずかないきものたちの
静かにリブ
かむ・れいん、かむ・しゃいん
静かにライブ
まだ、まだ、生きている?
くりかえしてリフ、リフフ、リリ、フフ、静かに
理不尽なリフ

神風たちの道、草、
瓦礫たちの
スティルリブ?
旗は道にひるがえり、旗は
静かにライフを染め上げて
かむ・れいん、かむ・しゃいん
オーロオブミー、ワイノットテイク、オーロオブミー
唇の
手の
破片
思い出たちの瓦礫
生まれてくる死児たち
死んでゆく無数の言葉たち
オーロオブミー、ワイノットテイク、オーロオブミー
道に、草に、
ブッダやマホメット、クライストたちのバダバダブビ
ベロバドバド、フフヒヒリリー

祈りの声
ここかしこの殉教者たちの
異邦人たちの
祈りの声
静かにリブ
静かにリフ
まだ、まだ、生きている?
同じ地上に
ぼくたちはまだ生きている?
静かなライブ
静かにリブ
スティル・ライフ
しずか・もの
近くにいながら
はるかな秋にさまよう
小さなきみが描いた
奇妙な

静物

(In memory of sept.11,01)

The Blue Stones

Next morning when you pull them from your trouser pocket,
they are still blue.
Raymond Carver

レイモンド・カーヴァーのこのタイトルの詩は
「妻に」と献辞のある中年男の詩だ、職場のYさん曰く
何か奥さんに弁解して機嫌をとっているような感じね
青い石はいつまで青であり続けようと意志するのか

息子が父の日にメールをくれた
お互いにがんばりましょう
自分を高めましょう！（宗教ぽい？）
いや、これは最近思いますよ、自分を次のレベルまで持っていくってこと

色彩的にも終わりが見えている

光と闇にもう興味が持てず、薄暮の明るさで充分だというのは
　息子の心を裏切ることになるのだろうか
　　すべてが自慰にすぎなかったと

だれがこのように言わせるのか　　青い石はまだ青かったと言うことが
救いになるのはどうしてなのか
「青い色が泣いている　灰色がかった青でも　青は青であるといいたいのだ」
Fによればそうなるが、救いではない、闘争だ

率直に生きなさい、と先生は教えたのだ
　できないと見抜きながらも
　この子が王者に選ばれても格別の支障はないと思う、なぜなら
　常に隠者であったものは真の孤絶を知ることはないから、青く生きよと
　　事象そのものへと
　秀秋は言う
大佑は自衛隊に二年間服役するつもりだと言う

その後、世界を放浪する金を稼ぐために
　今まさに青い石
自ら光りながら物と事をつらぬく無垢
おまえたちが合流するその日にこそ
反時代の機械の夢は成就するに違いない

　自慰機械（jackoff machine）は射精する
　浪漫機械は戦争を夢見る
倫理機械はジロリとにらむ
社会機械は笑いながら報告し恫喝する、ひ、ひ、ひ、

眼には含羞
　言葉は敵を震えさせる知事閣下のもとで
　　ぼくは生きている
　　　ガラパゴスの巨大な陸亀のように

うたに、なるのを、うらむ
　いつでも、どこでも品詞を分解すると誤ってしまう
　　機械の部品ではないから
　　　間違うことを恐れずに、せめて間違って、だれもうらまないことだ

友人は玉葱のように切られていく。コトコト厨から呼ぶ声がする。さっきの郵便できみのペニスが届いた。わが家はいよいよ小さし、笑む猫よ。みささぎに降る春の雪、その言い方には一種の感じがあった。かしこに白花、黄花。青い花は？　水中花のなかに。いかなればわが水無月の……「お父さん、お父さん、ゴハン」

今日は顔をあげて言う
　明日は雨だと
　　今日は顔をあげて言う
　　　この石は青いと、なぜならフローベールが
　　その石はブルーであると断言したのだから
ぼくはきみとのラブシーンを想像しながら

充溢であった日のように机の前で青い色になる
それは愛とは無関係だが、どんな弁解とも無縁だ

（註）伊東静雄の詩の不完全な引用がある。

愛はかつてかわいい坊やだった

わたしは二つのサンタフェについて語ろうと思う
A「私達は悲しい、あまり、美しくない、……もっと長い中略……（帰ったら洗車をしよう……）」
B「輝かしく誇り高く朝日がサンタフェ砂漠の空高くに輝いているのを見た瞬間、ぼくの魂のなかで何かが静かに立ち上がった」

フリーダが言うように
出会いのすべてが青い創造の新しさであればいいのに
ぼくたちには子宮がないから
させてあげることもできないのだ

このとき解体は時代おくれです
改革こそが解体に他ならない

ぼくはかれを支持します、心の底から「させてあげたい」
癒してあげたい
ぼくに子宮があるなら

ぼくの劇場には
三人の女神がいて
フリーダは豊乳の母
メイベルは白い魔女
ブレットは難聴の嫉妬者
その三人のまえで下半身をはだけて寝ているのは
一九二二年のロレンスです

「きみは性を超えてなどいません。これからも超えることはないでしょう。
むしろきみは、残念なことに性を超えるどころか、性に及ばないのです。
きみは、目や頭で性を捉え、そこで刺激を得ることが好きなのです。
それは邪悪で破滅的な行為です。」
訣別の言葉は

苛酷でさえない
ブレットの目と頭も撃破されたのだ

わたしたちは日々悲しい、そして、あまり美しくない
させてあげたいし、洗車したい
ぼくの魂のなかで立ち上がる
何かをつかみたい
きみの身体を通過して
「ぼくたちはやり抜いた、見よ」と
語りたい
しかし　いつものように
邪悪で破滅的な行為にふけっている耳にすぎない、ことも確かだ

中心の土地
コロニーの夢を語った屋久島の詩人も死んだ
アドリア海から北極まで
ビスワ河からアトランティスまで

あらゆる語法があおいろの所有権を主張しているなかで
ことばだけが自らの性に惑わされている
そこに住めないから
八王子の片倉の隅で暮れ方の夏に
ロレンツォーの伝記を
さよならまで読んでいるのだと、わたしは語りかけたい、死んだ詩人に

タオスからデル・モンテ農場
テオティワカンからエトルリアへ
花咲くトスカーナ
きみはどこでも
「中味が出てしまった後の卵の殻のよう」には生きなかった
鉱夫の息子らしく、大地を掘り、その暗闇へ下りたのだと思う
リンドウの青
その精髄に触れ
応答する遍歴
「あなたは火をゆっくりと消し、燃え殻をかき出します。

貴重な鶏の一羽とパンがオーブンに入れられ、
扉の戸がすばやく閉じられます。そして大きな石がその前に置かれ、
それからあなたは腰を下ろし、じっと待つのです。
待っているあいだ、あなたがまだ幼くて、テーブルの上に、
やっと顔が出るようになったとき、パンを焼く母の様子をどんなに真剣に
見つめていたかを、わたしに話してくれました。
わたしはコダックを取りに走り、オーブン近くの、小屋の戸口の
踏み段のところに坐っているあなたの姿を撮りました。」

土で作られたオーブンの前にあなたは静かに坐っている
あるいは
スーザンと名づけた黒い雌牛
「……愛はかつてかわいい坊やだった」と言いながら
あなたは乳を搾っているのだろうか
彼女の静謐さは舟の帆も煙も見えない海のようだ、とあなたは思う
コダックで切り取られた時間も海のようだ
ここまで流れて

夜に満ちる
――どんな雄鶏にしても
アポカリプスで暴露されるのは
――自分の垂らした糞のかたまりの上に鬨をつくる
ということだった、と死んだ訳者は訳している
この古い軍歌のような翻訳のうちに、私たちはまだ生きているようだ
弱者という棘に刺されて
怨恨を組織する時をつくる
巻き戻されていく
騒音に満ちた朝
ラジオの流行の英語講座は
「私たちのほとんどが、解雇という恐怖の影――スペクター・オブ・ア・レイオフ――
に脅えている」という例文を教えてくれる

それは
愛や生からのたしかなレイオフでもあるようで

ことばだけが泣いているようでもある

（註）Aは吉増剛造、Bほか多数はデイヴィド・ハーバート・リチャーズ・ロレンスから、あるいはその関係からの引用。

アダジェット

季節はいつも冬で、「冬のなかの四季」をクリークが鏡のように映していた
二十世紀の初頭のその港町では
「賢婦人が自らの肉を割いて姑に食べさせる」というニュースが
一万部数の新聞にセンセーショナルに報じられていた

始まりは脊髄の彼方の思い出に似ている
ぼくたちは無限に縦にならび、きみの後ろにぼくがいて、ぼくのうしろにもう一人の
物語に濡れている眼が続いていた
進化のありふれた時間を
やわらかい肉から
孤独な骨まで
食べつくしたのだ

霧に
浮かびあがるラグーナ
「不治の死」の町が水の鏡に
心地よいかなしみよりもいくらかはやく
いくつもの世紀の転換期を映す
「かりそめに急ごしらえされた男」から
「有益な仕事につこうとしない徒食者」までの
うず高い埃に包まれた楽章と詩章だけが
深海のウナギの稚魚に似て
「春」を待っている

「絶対的に、動物的な幸せ」を満喫できたので
ぼくは猫のように、いや猫そのものだと確信することにより
檻に囲まれた地帯に収容されなくて済んだのだ
それは僥倖だった、と
語り手は語っていた
愛するものに食べさせ

「食べさせた愛するもの」を食べる
それに飽きると
分厚いカーテンの背後に身を隠して、けしかけるような眼が向けられる
追いつめられて泣く「愛するもの」たち

小蒸気船に乗って、くさった匂いのするラグーナを通過し、Vに向かった
たえきれないむし暑さが街路によどんでいる
雑踏の商店街を抜けて迷路の小路をさまいながら
かわきを癒すために熟れきった苺を買ってかじった
季節をまちがえたのだ
夏を冬と

ぼくが冬のリビドーを突起物のように露出してきみを追いかけているのは
重ねられた「霊魂の殺害」のはてに本当の官能的な愉楽をこそ願っているのだと
つまり冬は夏にかえりきみは割礼をうける幼児にかえり言葉は「柔らかい子音とUの
音のつく叫び声」にかえり……、あらゆる異種が混合し、混合することによって分裂
を繰り返し

複数の決定的な光に刺し貫かれ
独裁者・ファシスト・海軍提督・控訴院長などの陰謀の機械としてつまりかれらの
性的悪用に任せられるための女性に、女性として
生きたい
その願望の抑圧の投影であるよりも……だと言うのだね

道はないが道は創るべきだ
この銃の果てにはなじみの西部劇の夢が垂れている
老板（ラオパン）、この本を景雲里00号まで届けてください
周樹人と申します
あなたがあの魯迅先生ですか
いえ、わたしはエズラ・パウンドと申します
あなたは内山さんですか
いえ、わたしはトーマス・マンです

「わたしは彼を愛する」それは彼が私を迫害するからだ
「わたしは彼を愛しているのではない」それは彼女が私を愛しているからだ

「わたしは誰も愛さない」それは私が私だけを愛するからだ
分裂の果てに治癒はない
分裂そのものが回復への努力であり再建である

ドレスデン、ライプチヒ、ゾンネンシュタイン、世界秩序
リド、サンマルコ、トリエステ、コレラ
紹興、南京、東京、上海、喘息
世界秩序はきみを脱男性化し「それは更年期の投影である」
伝染病と持病の恐怖に刺し貫かれ「それは世界崩壊の幻影の歪曲である」
新たな人類の一歩、たとえばクローンの誕生を夢見る「それは無への固着である」
わたしは誰も愛さない
わたしは彼を愛しているのではない
わたしは彼を愛する

「こころ」は音韻とその忠実な表記法を無視して「ケケレ」といわれ
それが訛って「ククル」といわれたが、その意味は
太陽なんて淫売婦だ

シニフィアンとシニフィエの根源的な分離によって
「我々には志操が欠けている」

分裂と妄想が海藻のように塩辛く焼かれるクリーク
備給と分配の壊れたシステムの下部には新種のウイルスが
深海のウナギの稚魚に似て
「春」を待っている
唯一残された
生の証の
「食人」と「犠牲」を繰り返す
この絶対的に
動物的な
幸福

常時のあとに非常時がある
非常時は超非常時と隣り合わせである
アメリカは決勝戦に残るとして、その相手は？

石油のための戦いなど最低です、道義のための
最終戦争を正々堂々と戦いぬかなければだめだ、世界統一の指導原理の確立のために
大殺戮があってこそ
最終平和が訪れる

霧のなかに
砂嘴が葬送行進曲のくすんだラッパの音のように突き出ている
耐え難い熱風が見えない伝染病を運んでくる砂浜
波打ち際に「愛するもの」の長い髪が風にはためいている
水平線の彼方に
彼は歩みだすだろう
試練を受けたいくつもの未熟な魂が書く手の指先から延びてゆき
浮き出た静脈にそって可視的な自己愛の領域をつくっている此岸から
はるか彼方へ
青白く愛らしい魂の先導者のように
彼は歩みだすだろう
そのとき心地よい悲哀よりもいくらかはやく

アダジェットが幻聴のように鳴る
断固たる愛の告白だが
レクイエムのように聴き間違えている

（註）『シュレーバー回想録』や『ベニスに死す』の一部をコラージュしたところがある。

MY EDUCATION

When I present myself at the desk, the woman says :
"You haven't had your education yet."
William S. Burroughs

片倉の駅から浅川
多摩川を越えて立川へ
電車のなかで　川の水と
周囲の緑の息吹を見つめる
夢のなかのようだ
川という字は美しいと思う
ミドリという響も
恋人の名のように
声帯を揺るがす
このまま、車窓の景色が続いてくれるなら

生もそこに閉じられていくことに
なんの未練があるだろう
手紙の手を探ると
所々の文字が静かに泣いている　私の教育も
私の夢同様にまだ終わっていないと
私は信じる

あとがき

八年ぶりの詩集である。この空白の期間に様々な出会いがあった。そこから得たものがこれらの詩の起動力になっている。リアルな形姿をした「もの」や「思い」がなければ、言葉がつむぐ世界も形式に墜ちてしまうだろう。その逆も然り。だからスペインの画家Juan Grisの“If I am not in possession of the abstract, with what am I to control the concrete? If I am not in possession of the concrete, with what am I to control the abstract?”という発言を、この詩集のモットーにしたい。「現実」の持つ多様性を未来に向けて救い出すこと、そう願いつつこれからも書いていきたい。

ぼくを励ましてくれた友人たち、またこの本を作ってくれた思潮社の若くてクールな高木真史さん、再び装幀を快く引き受けてくれた高専寺さん、そして、この本を読んで下さる未知の友人たちに感謝の言葉を！

二〇〇三年五月三十日　水島英己

初出一覧

緑の家	すてむ20号	2001年7月
川の詩人	すてむ10号	1998年4月
死と雲	pfui! 5号	1997年7月
今帰仁で泣く	GIP 13号	2002年12月
指の方位	CASCO 2号	1999年12月
「光の落葉」を読んで、あるいはプライベートなアーグ	GIP11号	2002年8月
胡桃	ジライヤ20号	1996年2月
渚の自転車	GIP12号	2002年10月
コルクスクリュー	すてむ12号	1998年11月
友だち	GENIUS 3号	1999年12月
サークルやユーカリなど	アルケ カムィ ネ5号	1999年4月
ブコウスキーナイト	アルケ カムィ ネ3号	1996年8月
木霊	GENIUS 4号	2000年12月
泳ぐ人	rain tree 13号	1999年8月
二つの河一つの空	アルケ カムィ ネ4号	1997年8月
変身	CASCO 3号	2000年8月
愛撫の成立	すてむ16号	2000年3月
ヴァンゼーではない	すてむ22号	2002年3月
静物	すてむ21号	2001年11月
The Blue Stones	樹が陣営22号	2001年8月
愛はかつてかわいい坊やだった	GIP 6号	2001年10月
アダジェット	すてむ25号	2003年3月
MY EDUCATION	GIP 9号	2002年4月

今帰仁《なきじん》で泣《な》く

著者
水島英己《みずしまひでみ》

発行者
小田久郎

発行所
株式会社思潮社
〒162-0842
東京都新宿区市谷砂土原町3-15
TEL 03(3267)8153(営業)・8141(編集)
FAX 03(3267)8142 振替 00180-4-8121

印刷所
モリモト印刷株式会社

用紙
王子製紙、特種製紙

発行日
2003年7月25日